KB263020

시안황금알 시인선 8

물고기의 방

윤지영 시집

시안황금알시인선 8

물고기의 방

초판인쇄일 | 2006년 10월 17일
초판발행일 | 2006년 10월 25일

지은이 | 윤지영
편집인 | 오탁번
펴낸곳 | 도서출판 황금알
펴낸이 | 김영복

주　간 | 김영탁
편집실장 | 조경숙
표지디자인 | 칼라박스
주　소 | 서울시 중구 필동2가 124-11 2F
전　화 | 02)2275-9171
팩　스 | 02)2275-9172
이메일 | tibet21@hanmail.net
홈페이지 | http://goldegg21.com
출판등록 | 2003년 03월 26일(제10-2610호)

ⓒ2006 윤지영 & Gold Egg Pulishing Company Printed in Korea

값 6,000원

ISBN 89-91601-32-4-03810

시안황금알 시인선 8

물고기의 방

윤지영 시집

황금알

| 시인의 말 |

시를 꿈꾸었던 당신께 이 비루한 언어를 바칩니다.

2006년 가을
윤지영

차 례

1부

부에노스아이레스의 동물원

그 여자 이야기

이 불은
이제 막
하늘을 찢고 떠오르려는
그믐달의 날렵한 끄트머리와
언덕 위의 마른 나뭇가지가
단 한 번
부딪혀 시작된 것이다

좁은 길을 따라 내게 번져 온 것이다

We are the world

어느 날, K는 P에게 차돌 하나를 주었다 검고 작은 심장
이라고 주머니 속에 넣고 다니며 문질러 주라고 온기가 전
해져 숨결이 돌면 차돌에 박힌 하얀 새가 날아갈 거라고

그보다 오래 전 어느 날, J는 K에게 차돌 하나를 주었다
항상 네 눈만 바라보는 별이라고 오랜 시간이 지나면 남쪽
하늘에 박혀 항상 따라다닐 거라고

그보다 훨씬 더 오래 전 P는 J에게 차돌 하나를 주었다
네게 불러주고 싶던 노래라고 매일 밤 내 그리움의 노래를
들으며 잠들라고

지구에는
아주 오래 전부터
어디서 막 굴러먹던 돌들이
크고 둥근 원을 그리며 돌고 돌고 있었다

그리움의 원형

1
그리움의 끝에 네가 맺혀 있다

소리 없이 흘러 한 방울이 된,

그 동그랗고 촉촉한 구체球體에 나의 시간은 뿌리내렸다.

자랄수록 짧아지는 시간의 줄기

2
백만분의 일초마다 꽃을 피우는 내 방의 시계
벚꽃 같은, 능소화 같은, 유도화 같은
시간이 자란다. 아프게 아프게 뿌리내리며
몸서리치다가도 시간이 되면 만발하는
치자꽃, 라일락, 감귤꽃 같은 계절
속에 완강하게 등 돌리고 앉아 있는 너

내 방의 시계는 시간을 키우고
동그랗고 촉촉한 원형질은 마르지 않는다.

3

뿌리 끝으로 내려가 겨울잠을 청한다.

12. 31. 눈보라
– 이하 여백

1
낡은 수첩에는 눈발이 날리고 있었다.
오랜 망각 속에 녹고 얼고 다시 녹기를 반복하며 단단해
진 글자들
'12. 31. 눈보라'
그리고 여백, 폭력적으로 펼쳐져 있는

오한이 밀려든다.

2
어쩌면 12월 31일
아니면 12시 31분
또는 12번의 보름과 31번째의 후회
그리고 눈보라

글자와 글자 사이, 중력의 법칙에 의해 하나의 세계가 침
몰한다.
아무리 애써도 발 들여놓을 수 없는 세계가 있다.

3
흔들리는 12개의 나뭇잎, 그리고 31살
혹은 31번째 보도블럭과
모퉁이를 돌아서며 12번쯤 돌아보던 낮은 목소리
그런 것들에 대해 말하고 싶었나.
하나의 세계와 또 하나의 세계가 교차하는 곳
서울의 가장 깊은 골목으로 들어가는 입구
그 위 현絃처럼 가늘게 떨리는 하늘
그런 것들에 대해 말하려 할 때
그때 정말 툰드라식 눈보라가 몰아쳤던가.
종소리 사납게 몰아치는 청계 고가도로를
텅 빈 마지막 버스가 날아올랐던가.
그래서 나는 오랫동안 침묵했던 걸까.

4
12번의 눈보라가 자고 31번째의 봄이 오자
어김없이 목련이 찾아온다.
하나의 세계를 마감하고 또 다른 세계로 넘어간다.

내 생의 어느 한 순간 만들어진 여백이
끝도 없이 팽창한다.

부에노스아이레스의 동물원

부에노스아이레스에 백십 오년 된 동물원이 있대, 우리 거기에 가자, 브라질과 파라과이 경계에 쏟아지는 이과수 폭포 아래서 솜씨 좋은 주방장이 뜬 활어를 먹으며 우리 저 폭포에 뛰어들면 영원한 사랑이 되는 거니, 묻지 말고, 아르헨티나의 심장, 부에노스아이레스에 가자, 순풍에 순풍을 덧달고, 우리의 사랑이 백십 오년 보다 더 까마득하게 느껴지는 그런 날이 오면, 꽃잎을 따먹으며 멸종 위기로부터 도망치는 맨드릴 개코원숭이를 만나러, 그 젖은 눈동자에 정말 서아프리카의 구름이 떠가고 있는지 들여다보러, 부에노스아이레스의 백십 오년 된 동물원에 가자, 멸종위기의 우리 사랑은 배낭 가장 깊은 곳에 넣어두고, 부에노스아이레스 동물원 역에 내려 백년 이상 된 것들은 어떻게 그 자리를 지키나 보러, 우리 마지막으로 손을 잡고 부에노스아이레스로 가자,

물고기의 방 1

물 속에 갇힌 물고기를 보셨나요?
나의 방은 물이 아니랍니다.
나를 하늘가에 매달아 주세요.
동그란 나의 방도 같이
봄이 맴도는 가지 끝
목련 봉오리 옆에 나란히

나의 방은 물이 아니랍니다.
너무나 말개서 아무나 들여다보는 나의 방은
물이 아니었으면 좋겠어요.
나를 누구의 손도 닿지 않는
높고 높은 하늘가에 매달아 주세요.

햇볕이 나의 방을 데우기 시작하면
가장자리부터 한숨 한숨 증발하는
내 방의 투명한 잔해들을 바라보며
나는飛 연습을 할 거예요.

돌돌돌 말려 있던 목련 꽃잎이

올올이 펼쳐질 날을 기다리며
아무도 볼 수 없는 그곳에서

물고기의 방 2

방어, 광어, 놀래미,
동해 횟집 수조 바닥에
머리를 맞대고 자고 있네
수조 밖에는 눈이 오는데
물고기의 눈 밑엔 검은 그림자
수조 밖에 내리는 눈은 녹지 않는 눈
방어, 광어, 놀래미,
그리고 참기름과 마늘
곱게 다져 넣은 된장 한 종지
유리에 하얗게 성에가 끼네
호, 호, 호, 동그랗게 창을 만드네
쌓이지도 않는 눈을 보며
눈을 뜨고 꿈을 꾸는 물고기
수조 안에도 눈이 내리네
방어, 광어, 놀래미,
아가미엔 검은 그림자
수조 안에 내리는 눈도 녹지 않는 눈

물고기의 방 3

우수와 경칩 사이
물고기,
하늘로 올라가
물고기,
노래를 한다. 목련 가지 끝
동그랗게 매달린
물의 방에서
은빛 지느러미를
옴지락거리며
물고기,
조그맣게 조그맣게
노래를 한다.

영하零下 18도의 햇살에
동그란 물의 방이
가장자리부터 얼어간다.
깨어질 듯 위태롭다.
물고기의
방

물고기의 방 4

그가 떠나며 내 방 창가에 계단을 걸쳐놓았다.

견고하지는 않으나 투명한

심해로 내려가는 계단

나는 매일 그 계단을 밟고

기억의 밑바닥으로 내려간다.

별 하나가 따라온다. 부록으로 딸려온 반쪽짜리 별

출렁이는 계단을 내려갈 때마다 비늘로 돋아나

그의 부재를 노래한다.

가지 마라, 가지 마라,

내 발목을 휘감는 수초를 헤치며

귀를 막고, 물고기처럼

유영하듯, 물고기처럼

비늘이 반짝거리는 우울처럼

물고기보다 가볍게

그가 남겨준 계단을 내려간다.

분홍신

내 신경의 줄을 가늘게 하여
그 위에서 춤추게 하라
끊어질 듯 성난 신경 위에서
분홍신을 신고 날뛰게 하라
귓속에서 둥둥거리는 북소리에 맞춰
발톱 끝에 푸른 달이 떠오를 때까지
높이 뛰어오르게 하라
깊게 떨어지게 하라
불면의 밤을 밀치고
펄럭이는 대기를 찢으며
두둥실 떠오르게 하라
혹은 처절하게 떨어지게 하라
내 신경의 팽팽한 줄 위에서
영원히 멈출 수 없는 춤을 추게 하라

상상

1.
그의 자꾸 떠나고 싶은 마음과 나의 자꾸 떠나고 싶은 마음이 그늘 좋은 나무 하나 골라 그 아래 벤치를 만든다

아무 데도 가지 못하는 벤치에 나란히 앉는다.
발끝을 간질이는 오후의 햇살,
같은 곳을 보는 것 같지만 그의 시선은 12도쯤 위, 나의 시선은 3도쯤 아래, 그의 노래는 해 지는 하늘 쪽으로, 나의 노래는 꽃 지는 섬 쪽으로…

2.
각자의 바람이 불어온다. 손을 더욱 꼭 잡고
각자의 바람을 들이마신다.

눈물이 난다

바람은 왜 서로 다른 곳에서 불어오는가

3.
우리는 떠나갈 것이다
그와 나의 잡은 손을 가위로 싹둑 잘라
벤치 위에 올려놓고, 애도의 꽃다발을 바치면
우리는 떠날 시간, 가벼운 목례도 없이
별이 뜨면 별이 떠오는 곳으로, 바람이 불면 바람이 불어오는 곳으로

인생은 나그네길, 룰루랄라, 나그네길

별이 뜨고 그 좋던 그늘이 어둠이 되면, 바람이 불고 그 좋던 나무가 흩어지면
그래도 꼭 잡은 두 손은 기다릴 것이다 벤치 위에 나란히 앉아 흘러가는 불빛들을 바라보며 우리가 가르쳐준 노래를 흥얼거리며 다섯 개의 손가락을 깍지 끼고
우리가 돌아오길 기다릴 것이다.

4.
나의 떠나고 싶은 마음과

그의 떠나고 싶은 마음이
각자 떠날 곳을 바라보며 노래를 흥얼거리는
지금, 눈물이 난다

꿈꾸는 사람, 둘

오늘도 나는 꿈속으로 들어간다
푸르른 꿈속은 언제나 비
넓게 드리워진 바오밥나무 위에
하늘이 내려와 조용히 깃을 접는다. 모두 젖고 있다.

오늘도 나는 내 꿈 속 바오밥나무 아래 잠든 그를 찾아
간다

그는 백만 년째 꿈을 꾸는 사람
떨어진 바오밥나무 잎사귀처럼 돌아누워
백만 년째 내리는 빗줄기에 백만 년째 지워지는 줄도 모
르고
꿈을 꾸는 사람, 오늘은 가늘게 떨리는 어깨가 지워지고
있는 중

오늘도 나는 그의 꿈속을 지나가는 행인 3
백만 년째 같은 속도로 내리는 비를 맞으며
그가 깰까봐 소리 없이 다가갔다 소리 없이 돌아오는 행
인 4 또는 7

　이미 지워진 그의 거친 발뒤꿈치를 어루만지다 하염없이
발걸음을 돌리는
　나는 그의 꿈 밖을 백만 년째 서성이는 사람, 지루한 사
람

　그의 어깨가 마침내 다 지워진 아침
　백만 한 번째 비가 내리는 아침

여우비 오는

가거나 말거나
울거나 말거나
지거나 말거나

그래서 나는 가지도 못하고 울지도 못하고 지지도 못합
니다

가지도 말거나
울지도 말거나
지지도 말거나

그래서 나는 바람도 아니고 비도 아니고 꽃도 아닙니다

그래서 나는 결국 아무 것도 아닙니다

여우비 오는 내내 아무 것도 아닙니다

웰빙시대의 명상법

가부좌를 틀고 한 송이 연꽃으로 피어나자
염화시중의 미소를 지으며 바흐의 브란덴부르크 선율에
맞춰 괄약근을 조이자
잘 먹고 잘 사는 것이 이 시대 최고의 화두
좁은 방은 황금비율로 분할되고 분할되고
마침내 먼지가 된 방을 우주라 생각하며
아랫배 가득 우주를 들이마시자
출구 잃은 먼지도 이내 제 궤도를 찾을 것이다
요추 3번에 모여드는 너에 대한 그리움을 강하게 자각하며
뱀 체위로 하늘의 한 점을 노려보자
고양이 체위로 가슴을 대지에 밀착시키자
어쩌다 너와 나의 인연은 이렇듯 코브라처럼 얽혀
고양이처럼 발톱을 바짝 세운 채 브란덴부르크 선율처럼
서로의 꼬리를 쫓아 빙빙 돌기만 하는가
머리카락과 음모陰毛가 굴러다니는 방바닥에서도 연꽃은
피어날까
홍학처럼 한 다리로 서서
그런게 뭐 대수야, 어차피 너와 나는 천둥벌거숭이
맨몸으로 왔다가 겨드랑이 밑으로 흘러가는

브란덴부르크 선율을 따라 물고기 체위로 유영하며
어차피 사는 건 공수래 공수거
아무렴, 잘 먹고 잘 사는 게 남는 거라고
척추를 대지에 밀착시키고 괄약근을 조이며
송장 체위로 마감하는 거, 그런 게 인생 아니겠어

석모도, 그대도

내가 처음 가본 섬 석모도, 그리고 그대도
석모도 가는 배로 갈매기 달려들고, 그대도 마찬가지
혼자 돌아오는 길의 석모도 붉은 노을, 그대도 붉은 노을
따라오지 않는 석모도 갈매기, 그대도 아마도

2부

담장 밑의 아이들

사춘기

어깨 죽지에 문이
열린다.
갇혔던 바람이 빠져나간다. 솜털뭉치
같은 통증이다.

울고 있는 천사
- 파울 클레, 캔버스에 목탄, 45×64.5cm, 2005

어깨에 앉은 천사가 무거웠다.
너무 밝은 빛에 눈을 뜰 수 없었다.
그 집 앞에 천사를 내려놓은 건 그 때문이었다.
천사처럼 날아갈 것 같았다, 가뿐하게

아!
날고 있었다.
둥싯둥싯 떠올라
세상과 멀어지고 있었다.
구두를 벗었다.
세상은 가라앉고
나는 어지러웠다.
눈을 감았다.
빌딩 보다 높이
구름 보다 높이
아는 얼굴들과 알지 못하는 얼굴들이 빠르게 멀어져 갔다.

아무도 없었다.
금속성의 고요가 광속으로 귓가를 스쳐 갔다.

귓볼이 시려웠다.

돌아갈 수 없었다.
나는 너무 가볍고
세상은 너무 무거우며
너는 너무 멀리 있었다.

악몽이었다.

반지하 생활자의 아이
– 담장 밑의 아이들 1

반지하, 아침은 늘 반쯤만 찾아 왔다.

반쯤 투명한 햇살이 창턱을 반만 넘어 들고, 창가의 제라늄이 반만 꽃잎을 벌리는 아침, 반쯤 벌어진 꽃잎 사이로 고물장수의 발만 보였다. 아침밥을 반도 먹기 전에 덫에 걸린 쥐새끼가 반쯤 열린 부엌문 뒤에서 단발마의 비명을 흘리는 아침의 연속이었다.

반지하의 시계는 언제나 반 박자씩 늦게 갔고, 주인집의 시계는 반 박자씩 앞서 갔다. 시계 바늘과 시계 바늘이 만든 공터에서 반지하의 아이가 반쯤 졸다 반쯤 깨는 사이 저무는 반나절, 누렇게 뜬 어느 봄날

어느덧
반지하에도 밤이,
밤만은 온전히
찾아오곤 했다. 반쯤 흐릿한
형광등을 켜도 바퀴벌레가
도망가지 않는 방이었다.

일요일의 아이들
– 담장 밑의 아이들 2

아이들이 전봇대를 지나 금요일을 건너 일요일로 갑니다.
과자 봉지처럼 뒹구는 매미 껍질을 밟으며
여름을 지나 은행나무 옆으로 난 샛길을 따라 일요일로
갑니다.

일요일은 춥고 비좁습니다.
춥고 비좁은 일요일에 비가 내립니다.
아이들이 비를 열고 밖을 내다봅니다.
거리에 낙엽을 뿌리며 청소차가 떠나고 있습니다.

아이들이 일요일을 잠그고 나와 청소차를 따라 갑니다.
가래를 아무 데나 찍찍 갈기며
토요일을 옆에 끼고 운동장을 가로질러 다시 일요일로
갑니다.

일요일은 여전히 춥고 비좁습니다.
여전히 춥고 비좁은 일요일에 여전히 비가 내립니다.
가끔 빗줄기는 일요일이 아닌 곳에도 들이칩니다.

그래도
일요일엔 아이들만 있습니다.
아이들은 스스로 자장가를 부르며 잠을 청합니다.

언덕 위의 거울
– 담장 밑 아이들 3

하늘 한 가운데 거울이 걸려 있습니다.
강철 대문보다 더 번쩍거리는 거울입니다.
아이들이 하늘 가까운 언덕으로 올라갑니다.

언덕은 온통 들꽃 천지입니다. 거울 속에도 언덕이 있고
거울 속에도 들꽃이 가득합니다.
아이들은 들꽃으로 만든 화환을 쓰고, 거울 둘레를 빙빙
돌며 노래를 부릅니다.
거울 밖의 들꽃과 거울 속의 들꽃이 일제히 흔들립니다.
거울의 표면이 흔들립니다.
거울 위에 파문이 둥글게 둥글게 퍼져 나가고, 한 가운데
서 수은 빛 혀가 쑤욱 돋아납니다.
순식간에 아이들을 낚아챕니다. 꿀꺽 삼킵니다.

아이들의 노랫소리가 들립니다. 거울 속에서
음파, 음파, 음파파, 음파,
동전으로 거울 두드리는 소리가 들립니다. 거울 속에서
음파, 음파, 음파파, 음파,
거울이 흔들리고 거울 속의 언덕이 흔들립니다. 언덕이

흔들리고 언덕 위의 하늘이 흔들립니다.
　음파, 음파, 음파파, 음파,
　하늘이 흔들리고, 하늘 아래 춤추던 아이들이 쓰러집니
다. 풀썩 풀썩
　하얀 나비들이 떼지어 날아오릅니다. 들꽃이 떼지어 날
아오릅니다.
　음파, 음파, 음파파, 음파,

　언덕에는 시든 들꽃이 수북하고,
　거울 속은 텅 비었습니다.
　비릿한 들꽃향을 따라
　또 한 무리의 아이들이 언덕으로 올라갑니다.
　번쩍거리는 거울 앞에서 노래를 부르다 차례차례 거울
속으로 들어갑니다.
　거울 속은 하루 종일 한낮입니다.

재미 있는 놀이
– 담장 밑의 아이들 4

깊은 골목의 끝
파란 사이다병을 굴리며
한 아이가 앉아 있다.
병 속에는 햇살 몇 조각
아이의 종아리는 하얗고 통통하다.

개미 한 마리가 아이의 종아리를 기어오른다.
아이가 개미를 잡아 사이다병에 넣는다
또 한 마리가 종아리를 기어오른다.
아이가 다시 개미를 잡아 병에 넣는다.
아이의 하얗고 통통한 종아리를 개미들이 줄지어 기어오
른다.
어느새 사이다병에는 개미가 드글거린다.

아이는 파란 사이다병을 흔들어 본다.
개미 등에 햇살이 박혀
개미지옥이다.

아이는 손뼉을 치며 즐거워한다.

반짝거리는 손뼉소리
골목 끝까지 울려 퍼진다.

숫자 놀이
– 담장 밑의 아이들 5

아이들이 숫자를 타고 달린다.
행선지가 불분명한 숫자를 타고
하나의 숫자에서 다른 숫자로 무작정 달린다.

숫자 안은 아이들로 가득 차 있다. 눈 코 입 다 지워진 아
이들이 서거나 또는 앉아 있다. 손에는 저마다 일용할 숫
자.

거리도 숫자로 가득 차 있다.
줄지어 걸어가는 숫자와 숫자.
하늘을 날아가는 숫자와 숫자.
모두가 질서정연하게 가고 있다.

그때, 숫자 하나가 뛰기 시작한다. 구두 신은 숫자가 그
뒤를 쫓는다. 모자 쓴 숫자가 구두 신은 숫자를 쫓고, 자전
거 탄 숫자가 모자 쓴 숫자를 쫓는다. 거리의 숫자가 일제
히 뛰기 시작한다.

그때, 숫자를 쓴 모자가 숫자를 신은 신발을 앞지른다.
숫자를 입은 바지가 숫자를 둘러멘 가방을 앞지르고, 뚱뚱

한 숫자가 다리 짧은 숫자를 앞지르고, 숫자란 숫자가 서로
서로 앞지르는데…

숫자 안의 아이들은 앞만 본다. 숫자를 타고 숫자가 가는
대로 몸을 맡긴다. 달리는 숫자 뒤로 백지 같은 거리만 남
는다.

안으로 들어가려면 문을 열어야 한다

아무도 없는
방
안, 초가을 햇살이 미끄러지는
유리창
옆, 풋사과가 놓여 있는
사기 접시
위, 시들어가는
시간
속, 숨어 있는
너

햇살로 날을 세운 과도를 들고

안으로 들어가려면
문을 열어야 한다.

발병일기

내 병은 서풍이 불 때마다 도지지, 내 병은 금이 가서 물이 새는 병

황하의 누런 구름이 몰려올 때 나는 옥상에 올라가 내 병을 맞이하지

빨랫줄에는 눈 밑이 검은 아래층 여자의 스타킹이 휘날리고 내 병은 호흡기를 타고 온몸으로 퍼져가지

지긋지긋한 내 병이 시작되는 곳에 그가 있지, 금 간 병을 베고 잠만 자는 그의 병은 서풍이 불 때마다 배를 띄우는 것

서풍이 불고 오래된 담장 위 목련이 진단서 같은 꽃잎을 함부로 날릴 무렵, 그의 병은 돛을 달고 나를 떠나지

그 때 내 병은 만조滿潮, 내 병에 꽂힌 꽃이 지나치게 자라는 때

병에 담긴 서울 하늘은 누렇게 뜨고, 모가지가 웃자란 내 꽃은 만취한 채 흔들리지

내 병이 시작되는 곳에 그의 병이 있지, 그의 돛이 핏빛으로 물들도록 그는 피를 토하며 병나발을 불지

그의 병나발 소리가 서쪽 하늘로 퍼져나갈 때 나는 옥상에 서서 내 병을 배웅하지, 내년을 기약하며 내 병을 띄워보내지

고릴라 가족

심심한데 고릴라나 키워볼까. 아이들이 모두 돌아간 운동장, 반짝이는 모래더미 위에 앉아 심심한데 고릴라나 키워볼까. 동강난 색연필로 하늘을 칠하고, 자갈만 뒹구는 운동장에 고무나무랑 바나나나무를 그리고, 가지 끝에 햇살을 주렁주렁 매달고, 고릴라나 키워볼까. 그 위에 마주 앉아 이를 잡는 고릴라와 등을 긁는 고릴라나 키워볼까. 그 사이에 앉아 바나나 껍질을 벗기는 예쁜 아기 고릴라.

바나나를 먹고 자꾸 자라는 고릴라. 미끄럼틀보다 더 커지는 고릴라. 교문을 넘어 로타리로 나서는 고릴라. 손을 잡고 나란히 나들이 가는 고릴라 가족. 사람들이 놀랄까봐 살금살금 걷는, 클랙슨 소리에 깜짝 놀라 자빠지는, 그러다 지하철 공사장에 발이 빠진 고릴라. 콧구멍만 벌름거리는 고릴라. 어쩔 줄 몰라 가슴만 치는 고릴라. 심심한데 그런 고릴라나 키워볼까.

길을 잃고 정글로 돌아가지 못하는 고릴라. 자장가를 불러도 돌아오지 않는 고릴라, 그런 고릴라, 고릴라라는 이름의

거기에 그것이 있었다

베개가 있다고 치자. 베개 옆에는 베개가 있어야 한다. 하지만 베개가 아니라 신발 같은 것이 있을 수도 있다. 전화기나 망치 같은 것이 있을 수도 있다. 여하튼 베개 옆에 신발이 있다고 치자. 그 신발은 냄새가 날 수도 있고, 뒤축이 닳았을 수도 있고, 한 짝일 수도 있다. 혹은 그 모든 것을 갖춘 신발일 수도 있다. 나머지 한 짝은 혼자서 걸어가고 있는지도 모른다. 호기심 많은 신발일 수도 있고, 그리움 많은 신발일 수도 있다. 신발끈 대신 코스모스를 꽂고 해지는 국도를 따라 걸어가고 있을지도 모른다. 해는 이미 졌을 수도 있고, 애당초 아무 것도 뜨지 않았을 수도 있다. 그러나 어찌되었든 거기에는 그것이 있는 게 좋다.

그러나 나는 지금 외출중

현관문을 잠그고 돌아서자마자
태풍 '나비' 가 거실문을 두드린다.
철제 현관 너머에서 전화벨이 대답하듯 혼자 울린다.
그러나 나는 지금 외출 중
아파트 화단에 맹렬히 자라는 맨드라미 위로 빗방울이
떨어진다.
그러나 나는 지금 외출 중
베란다에 널어놓은 이불 호청이 젖는다. 안 봐도 눈에 선
하다.
커튼이 펄럭이고 문이란 문들이 쿵쾅거리는 소리가 현관
문 너머에서 들리지만
그래도 나는 외출 중
어항 속에도 책장 위에도 비가 내리고
범람하는 물 위를 신발짝이 떠다녀도
한번 돌아서면 그것으로 끝
나는 지금 외출 중

어둠

어두워요, 어둠의 얇은 속살을 벗겨요, 한 겹, 한 겹, 그
래도 어두워요, 어둡고 추워요, 어둠의 품속으로 파고들어
요, 춥고 미끄러워요, 해초처럼, 나비처럼, 해파리처럼, 끈
질긴 악몽처럼, 천천히, 부드럽게, 휘감아요, 발목을, 허벅
지를, 허리를 휘감아요, 홍수에 떠내려온 가느다란 물뱀처
럼, 아무도 모르게, 겨드랑이를, 목덜미를, 입술을, 스치고,
아, 입을 벌려요, 나를 삼켜요, 어두워요, 어둠의 심장께 귀
를 대보아요, 소리가 없어요, 움직이지 않아요, 손이, 손이,
빨려 들어가요, 내 어깨와 텅 빈 몸통과 티눈 박힌 엄지 발
가락이 빨려 들어가요, 깊어요, 깊고 어두워요, 어둠의 얇
은 속살을 벗겨요, 한 겹, 한 겹, 그래도 어두워요, 어둡고
추워요, 해초처럼, 나는

서울, 내셔널 지오그래피

동물 하나 – 콘도르 한 마리가 말라버린 선인장 주변을 맴돈다. 썩은 바람이 선인장 가지에 넝마처럼 걸쳐져 있다. 콘돌이 TV 밖으로 머리를 쑤욱, 내민다. 텅 비는 TV.

동물 둘 – 바람이 불지 않는다. 태양이 선인장의 오른쪽 가지에 앉아 있다. 움직이지 않는다. 바람이 불지 않는다. 선인장 가지가 태양을 찌른다. 바람이 빠지며 틈새로 모래가 쏟아진다.

동물 셋 – TV 수상기의 2/3가 모래에 파묻힌다. 그 완만한 곡선을 넘어가는 낙타 발자국의 지루한 행렬, 물을 찾아 떠났으나 아직 돌아오지 않고 있다. TV 수상기의 1/3이 붉은 하늘이다.

3부

■ 시인의 얼굴과 육필

물고기의 방 1

물 속에 갇힌 물고기를 보았나요?
나의 방은 물이 아니랍니다.
나를 하늘가에 매달아 주세요.
동그란 나의 방도 같이
봄이 멎도는 가지 끝
목련 봉오리 옆에 나란히

나의 방은 물이 아니랍니다.
너무나 맑개서 아무나 들여다보는 나의 방은
물이 아니었으면 좋겠어요.
나를 누구의 손도 닿지 않는
높고 높은 하늘가에 매달아 주세요.

햇볕이 나의 방을 데우기 시작하면
가장자리부터 한숨 한숨 증발하는
내 방의 투명한 잔해들을 바라보며
나는 飛 연습을 할거예요.

돌돌돌 말려 있던 목련 꽃잎이
올올이 펼쳐질 날을 기다리며
아무도 볼 수 없는 그곳에서

4부

바람, 난

파꽃에 대한 문화사적 진술

옛날, 아직은 태양이 하늘에 있던 옛날, 사람들은 그냥 살았다. 바람이 깎아 놓은 절벽 아래 떨어진 햇볕을 주워 지붕을 올리고 그냥 살았다. 절벽 위 하늘 끝까지 펼쳐진 들판에는 파꽃이 너울거렸고, 파꽃 향기가 바람 따라 너울거리면 사람들의 몸에서도 달디단 꿈 냄새가 감돌았다.

천지 가득 모래 바람이 불던 날, 파꽃이 하얀 모래 더미에 파묻히고, 꿈도 묻히고, 사람들의 눈에 모래가 들어가 사람이 사람으로 안 보이기 시작한 날, 사람들은 사람을 잡아먹기 시작했다. 자식새끼들은 에미가 지 에미로 안 보여 에미를 잡아먹고, 사내들은 계집이 지 계집으로 안보여 계집을 잡아먹기 시작했다.

사람들은 성을 쌓기 시작했다. 사람 하나 잡아먹고 모래 한 주머니 쌓고, 사람 둘 잡아먹고 모래 두 주머니 쌓고, 절벽 위 파꽃이 너울대던 들판에는 어느새 죽음만큼 견고한 성이 솟아 하늘을 찔렀다.

그날, 태양에 금이 가기 시작했다. 태양의 가장자리부터 조금씩 부서져 그 패륜의 기억들이 하얗게 쏟아졌다. 모래로 된 성은 허물어지고 낯익은 냄새가 스며들기 시작했다. 일렁이는 파꽃 냄새….

하이얀 거품이 언덕 가득 일던 그해 여름, 계집 먹은 사
내들은 계집 냄새 지우려고 파꽃 이랑에 머리 박고 개굴개
굴, 에미 먹은 자식들은 에미 냄새 지우려고 파뿌리 씹으며
개굴개굴, 쏟아지는 태양을 맞으며 온 나라가 개굴개굴…,
오래도록 그 나라에는 해가 뜨지 않았다.

어둠에게 양해를 구함

내가 앉기 위해서는 어쩔 수 없다. 어둠이긴 하지만
소름 돋도록 차갑고 단단한 어둠이긴 하지만
설핏 돌아서는 뒷모습이 어쩐지 안돼 보이지만
내가 앉기 위해서는 어쩔 수 없다. 발끝으로라도 밀어내
는 수밖에

그러나 많이는 말고 조금만
모질게도 말고 부드럽게, 상냥하게
다문다문 말을 걸며 다치지 않게
새까맣게 윤기 나는 등을 어루만지며
조금만
아주 조금만

그러나 불안에 떠는 눈동자는 외면하면서
미안하다 미안하다 다정하게 달래면서
언제고 돌아오라고 속삭이면서
흘리고 간 몇 가닥의 터럭마저 털어내면서

조금씩

아주 조금씩
밀어내는 수밖에
내가 앉기 위해서는

문이 열리자

초봄의 매서운 바람이
새까만 사내 아이 하나를 냅다 밀어 넣는다.

지하철에 앉은 시선들이
삽시간에 아이의 몸을 핥더니
금새 촉수를 거둬들인다.
그리고 눈감은 바위가 된다.

아이는 바위를 두드리며 노래를 부른다.
허리 부러진 방아깨비보다 박자가 정확하다.
아이의 주머니에는 천국의 은화처럼
피로가 짤랑거린다.

나는 『한국의 자유주의』 마지막 장을 넘긴다.

가을은 어떻게 왔다가 어떻게 가나

부처님 무릎
위에 목탁 소리 쌓여가듯
풋감이 익어가는데
약수藥水를 뜨고 가는 할머니
흘러가는 물이 아까워
자꾸만 뒤돌아본다.

너를 기다린다고는 했지만

너를 기다린 게 아니었나 보다.

너를 위해 오랫동안 마음을 갈고, 유리를 골라내어 작은
씨앗 하나도 심지 않았으니
너를 기다린 게 아니었나 보다.
오랜 가뭄 내내 물 한 번 주지 않고
싹이 돋아나는 걸 지켜보지도 않고
그래도 돋아난 넓은 그늘 아래 네 자리 하나 마련하지 않
았으니
굵고 실한 가지마다 노란 등을 걸어 놓지도 않았으니
나는 너를 기다린 게 아니었나 보다.

네가 온다고 자랑하고, 네가 온다고 외출도 않고, 네가
오나 보려고 문을 열어 놓고, 큰 길이 보이게 활짝 열어 놓
고, 네 기척을 들으려 음악도 꺼놨는데
사실은 너를 기다린 게 아니었나 보다.

문을 등지고 앉아 문 쪽은 보지도 않고
가끔 문이 열려 있다는 걸 잊기도 하고

섬광 같은 봄이 지나기도 전에
네가 온다는 것을 잊어버리고
누군가 온다는 걸 잊어버리고
내가 누군지도 잊어버리고

너를 기다린다고는 했지만, 문 밖에 너무 많은 꽃이 한꺼
번에 피었다 그냥 지도록, 너를 기다린다고는 했지만

바람, 난

바람이 분다.
오랫동안 잠가 두었던 괄호가 덜컹거린다.
괄호를 연다.
자꾸 바깥을 기웃거리는 내 그림자를 놓아준다.

그래 가렴, 야트막한 언덕빼기를 지나, 고만고만한 키의
잡목림을 빠져나가, 그 너머 저수지로 이어진 신작로까지,
깨금질하고, 뜀박질하고, 깝죽거리며 뒹굴다가, 다시 발딱
일어나 네가 가고픈 곳으로 가보렴. 가다가 한번쯤은 뒤를
보고 내게 인사나 해주렴.

나는 열려진 오른쪽 괄호에 기대 서서 그림자가 떠나간
쪽을 바라본다. 얇게 덮이는 어둠 뒤에 숨어 뒤도 안 돌아
보는 그림자에게 손을 흔든다. 적막이 넓어진다.

우기 雨期

비가 오려니
강이 더 넓어 보인다
비가 오려니
네가 더 안 보인다
비가 오려니
지렁이만 더 잘 보인다

먼 산 보기

불타는 하늘을 배경으로 그가 서 있다.

왼쪽으로 어깨를 늘어뜨리고

왼쪽으로 고개를 떨구고

왼쪽 뺨이 상기된 채 그가 서 있다.

삶의 무게도 왼쪽 다리에 실려 있다.

바람이 분다. 오른쪽에서

백만 년 전에 떠나온 밤이

앙상한 그의 왼쪽 가슴을 살짝 밀면

무너져 버릴 듯하다.

왼쪽으로 와르르

오래된 착각

그때 내가 잡은 것은
네 손이 아니었는지도 모른다.
푸드덕푸드덕 태평양이나 툰드라에 쏟아지고 싶은 강우
량 200㎜의 집중호우나
순간을 불살라 폐부 깊숙이 맺히고 싶은 고열高熱의 그리
움이거나
견고한 벽에 구멍을 뚫고 다른 세상만 넘보는 원시遠視의
눈알이었는지도 모른다.
네 손이 아닌 줄 알면서도 여전히 놓지 못하는 것은 네
손이 아닌 줄 알기 때문인지도 모른다.

언덕길

1.
두 개의 바퀴로 하나의 바퀴를 굴리며 집으로 돌아온다.

두 개의 바퀴는
너의 마음이 내게서 떠나가는 속도로
또 하나의 바퀴는 나의 마음이 네게서 멀어지는 속도로
두 개의 바퀴는 굴러가고
하나의 바퀴는 좀처럼 굴러가지 않는다.
아무리 애를 써도

은빛 바큇살에 튕겨 부서지는 저녁 햇살

2.
두 개의 바퀴로
하나의 바퀴를 굴리는 사이
시간은 길게 늘어난다
돌아보면 까마득하다
벌써 그립다

3.
꽃은
일시에
제멋대로
아무렇게나
피고, 또
아무렇게나 지는 중.

하지만 마치 한 사람을 알고 또 잊어가는 게 그러하듯
꽃이 피었다 지는 데도 차례가 있는 법.

4.
동백은 오래 전에 지고,
목련도, 개민들레도, 감귤꽃도 차례대로 다 지고
지금은, 하얀 치자꽃이 피어날 차례
두 개의 바퀴와 하나의 바퀴 사이
치자꽃 향기 하얗게 짓뭉개며
이제는 내가 널 잊을 차례
5월 다음에 6월이 오는 것처럼

6월이 가도 결코 네가 돌아오지 않는 것처럼
두 개의 작은 바퀴와 하나의 큰 바퀴가
서로 다른 속도로 맞물려 밤을 부를 차례

옷장 속으로 들어가다

비바람이 빗금을 그리며 부는
거리를 하루종일 헤매다 돌아온 날은
바람맞은 나를 먼지나게 털어 옷장에 건다.
다시는 방황하지 못하게 문을 꼭 닫는다.

옷장 문 사이로 삐죽이 나온 소매 자락
떠나려는 너의 소매 같기도 하고
잡으려는 나의 소매 같기도 하고
너와 나 사이에 비 맞으며 서 있는 고무나무, 검게 번들
거리는 잎사귀 같기도 하고

너를 찾아 옷장으로 들어간다. 동그란 등을 보이며 어둠
의 젖은 갈기를 쓰다듬고 있는 너. 밤이 오고 빗줄기가 거
세지면 나는 천천히 나를 벗어 옷걸이에 건다. 그리고 너
를, 젖은 너를, 우주 속으로 떨어지는 깃털보다 가볍게 천
천히 벗긴다. 고무나무 잎사귀에 떨어지는 열대우림의 비
냄새를 맡으며, 너의 가장 연약한 살에 입을 맞춘다. 너와
나의 허물 위에 떨어지는 빗방울 소리, 그리고 영원히 문
닫히는 소리

옷장 속에는 아직도 등돌린 채 얌전히 걸려 있는 너와 나.
시간이 기화되는 동안에도
옷장 문에 끼인 소매 자락은 들어가지도 나오지도 못하
고

이야기의 태초에는 계단이 있었다

계단을 오르는 여자가 있다. 천 개의 계단을 올라야 하는
여자가
　첫 번째 계단을 오르며 말한다 – 가령
　두 번째 계단을 오르며 말한다 – 그때
　세 번째 계단을 오르며 말한다 – 아직도 모르겠어

네 번째 계단에 바람이 분다. 다섯 번째 계단에는 멍텅구
리가 살고, 여섯 번째 계난에는 바다가 있다. 일곱 번째 계
단에서 고양이가 하품을 하면, 여덟 번째 계단에서 도대체
가 무릎을 친다. 아홉 번째 계단은 텅 비어 있고, 열세 번째
계단에는 휴게소가 있다. 그녀는 휴게소 안으로 들어간다.

창밖을 바라본다. 강이 흐르고, 그 너머 하늘에서 시간이
뭉개진다.
　다시, 창밖을 바라본다. 강이 흐르고, 강 건너 모래밭에
서 전화벨이 울린다.
　처음부터 다시 그녀는 창밖을 바라본다. 강이 흐르고, 강
건너 모래밭에는 그녀를 쏘아보는 수천수만의 눈알, 아니
모래알,

다시, 처음부터 그녀는 창밖으로 흐르는 강물 따위는 무시하고 그녀를 바라보는 모래알을 세고 있다.

그녀는 단번에 이백 마흔 한 개의 계단을 올라 뒤돌아본다. 계단이 흔들린다. 천 개의 계단을 올라야 하는 여자가 중얼거린다 - 가령, 그때, 그러니까, 결국, 이런, 그렇지만, 아무래도, 어이쿠, 그래서

그 다음에 그녀가 어떻게 되었는지는 아무도 모른다. 그녀의 이야기는 끝나지 않는 이야기다.

5부

배고픔은 그리움이거나 슬픔이다

배고픔은 그리움이거나 슬픔이다

식구들이 잠들어
오히려 부산스러운 여름밤
방충망 사이 모기가 부산스럽다.
모기 날개 위 달빛이 부산스럽다.

배가 고파 식탁에 앉아 노트북에 파워를 넣는다. 냉장고를 열고 우유 식빵을 꺼낸다. 우유와 땅콩 버터를 꺼낸다. 키보드를 두드려본다. 영균영호영수영식영철영민영석영광지수민수현수정수진수영종…. 깜빡이는 커서, 깜빡이는 그리움…. 우유 식빵에 땅콩 버터를 바른다.

버터는 냉장고 속에서도 녹아 있었다.
우유는 냉장고 속에서도 상해 있었다.
노트북도 배가 고픈지 화면이 하얗게 지워진다. 영균영호영수영식영철영민영석영광지수민수현수정수진수영종…. 깜빡이는 커서가 사라지고, 깜빡이는 그리움이 사라진다.

녹아버린 땅콩 버터 때문에 배가 고프다.

내가 배고픈지 땅콩 버터가 배고픈지 분간할 수가 없다.
여름밤, 녹아버린 땅콩 버터를 바라보며 느끼는 배고픔
은 배고픔이 아니다.

미필적 고의

그가 서 있다.

그와 그가 서 있고, 그와 그 사이 그녀가 서 있다.

한시도 시선을 돌리지 않는 눈이 있고, 그 눈과 눈 사이
에 형형한 눈이 있고

초조가 서 있다. 초조와 불안이 나란히 서 있고,

초조와 불안 사이에 또 다른 초조가 시계를 보며 서 있
다.

초조와 불안, 또는 초조와 초조 사이, 한 가닥 긴장이 슬
그머니 기어들어

시린 듯 눈을 감는다. 그녀만 남고

일제히 사라진다.

연가풍의 시를 쓰기 위해

스무 살의 겨울이 끝나가던 연말
친구는 맞선을 볼 거라고 전화를 했다.
그리고 웬만하면 시집을 가겠다고 킬킬거렸다.
그날 밤 꿈을 꾸었다. 꿈속에선 나도 사랑을 하고 있었다.

저만치로 달아나는 그대, 잡힐 듯 잡힐 듯 잡히지 않는
그대. 미끈덕거리는 미역 같은, 초고추장에 찍어 먹으면 딱
좋을, 입안에 달라붙어 떨어지지 않는, 세발, 씨발, 낙지
같은,

그대가 달아나네, 한 번도 본 적 없는 그대가 달아나네,
위태롭게 출렁이는 의식의 수평선까지 나 잡아 봐라, 그대
가 손짓하네, 그대 하나, 그대 둘, 모두 다 갖고 싶은 그대
들, 그대들이 가라앉네, 다시는 볼 수 없는 그대들이 벌써
그리워지네.

스물한 살이 되던 해 겨울
일 년 만에 친구가 전화를 했다.
돈도 많고 직장도 좋은데 이마가 너무 번들거려 퇴짜를

놓았다고 킬킬거렸다.

그날 밤, 불콰해진 보름달이 이마를 쓰다듬으며 내 방안
을 기웃거리고 있었다.

탁상시계의 고행

마지막 하늘빛이 밀려와 방안을 가득 채운
지금은
일곱 시
사십이 분
삼십오 초
딱 그만한 그림자가 창밖의 풍경을 갉아먹고 있다.

아침에는 탁상시계가 살 갔다.
갔다.
그 시계의 신경질적인 소리에 깨어 학교에 갔다,
갔다.
점심 때, 식당에서 먹은 자장면은 맛이 갔다.
갔다. 그래 갔다.
노교수의 코맹맹이 소리에 맛이 갔다.
갔다. 완전히 갔다.
빌빌대다 돌아와 보니 탁상 시계가 갔다.
갔다. 자러 갔다.

일곱 시 사십이 분 삼십오 초와 삼십육 초 사이에서 시침

과 분침이 발버둥치고 있다. 나도 그 사이에 갇혀 꼼짝할
수 없다..
　내일 아침, 일곱 시 사십이 분 삼십오 초까지 기다릴 수
밖에

지하 탈출, 미래로

퇴근길, 지하철이 당산 철교 한 가운데 섰다.

#암전

차내에 계신 승객 여러분, 오늘 하루도 안녕하셨는지? 땡땡이 넥타이 아저씨, 빨간 쫄티 아가씨, 오늘 하루도 행복하셨는지? 행복에 겨워 어쩔 줄 모르다 하루가 다 갔는지? 담보로 잡힌 〈현재〉를 잊은 건 아니신지? 푸르고 당당한 삼나무처럼, 꼭대기에 샛별 하나 달고 유쾌하게 몸을 흔들던 〈현재〉를 아예 잊은 긴 아니신지? 여러분이 믿고 의지하는 〈미래〉는 탄탄한지? 〈미래〉로 곧게 뻗은 길, 무슨 소원이든지 다 들어준다는 오즈의 마법사를 찾아가는 그 노란 길, 그 길을 걸으며 가끔은, 아주 가끔은 〈현재〉를 떠올리는지?

지상으로부터 약 8도 위 공중에서 태양 폭발! 수천수만 송이 해바라기로 피어나는 파편, 불붙은 해바라기로 한강은 때 아닌 꽃밭, 그래도 유유히 흐르는 우리의 한강, 유람선이 꽃송이들을 짓이기며 앞으로 앞으로, 63빌딩과 국회의사당의 지붕도 앞으로 앞으로, 백만 년 만의 장관이래,

유람선 위의 연인들은 찐하게 입을 맞추고, 서해바다 수평
선 위에 걸터앉은 하늘, 그 시커먼 가랭이 사이로 모두 모
두 흘러가고,

#서쪽 하늘이 번쩍!

부패하는 시간을 싣고
다시 지하로

구두코가 지나갑니다

가을이 깊어 가는 어느 날
무교동 거리를 걷고 있었습니다.
갑자기 사람들의 얼굴이 보이지 않았습니다.
하얀 이마와 검은 눈동자와 오똑한 코와 꽉 다문 입은 보
였지만
얼굴은 보이지 않았습니다.
그래서 땅만 보고 걸었습니다.
보도 블록마다 시커민 껌자국들.
껌자국을 밟고 검은 구두코가 지나갑니다.
하얀 하이힐의 뾰족한 구두코가 지나갑니다.
구멍 난 양말 사이 엄지발가락이 꼼지락거리는 슬리퍼도
지나갑니다.
진흙 묻은 운동화와 아가의 꽃신도 지나갑니다.
껌자국 위로 아직 덜 마른 플라타너스 이파리 하나가 굴
러갑니다.
이파리를 밟은 내 구두코를 내려다봅니다.
뭉툭한 구두코에 뭉툭한 내 코가 비칩니다.
내 코만 비칩니다.

자라라, 내 팔들아

누가 나 좀 잡아 줘. 내 팔이 자꾸 자라. 손가락도 자라.
가로수랑 버스랑 칭칭 감다가 아스팔트를 기어가 안테나로
올라가 머리카락도 자라 하늘로 치솟아 전깃줄에 걸려 빌
딩을 타고 올라가 지나는 구름을 향해 자꾸만 손을 뻗어 눈
알이 튀어나와 깜짝 상자 속의 피에로처럼 시도 때도 없이
튀어나와 지금쯤 내 눈알이 어디를 굴러다니는지 나도 몰
라 어느 뒷골목의 깨진 유리창 틈으로 보아서는 안 될 것을
보며 울고 있는지도 몰라 가슴이 부풀어 올라 누가 나 좀
잡아 줘. 축축 쳐지는 어깨에 받침목을 대주고 머리카락은
싹뚝 잘라줘 자꾸 튀어 나오는 눈알은 아예 뽑아버려 다시
는 돌아올 수 없게 멀리 던져버려 불에 달군 바늘로 가슴을
터트려줘 바람 빠진 풍선처럼 바람이 부는 대로 굴러다니
게 누가 나 좀 도와줘

?

책상다리는 왜 네 개일까. 물은 왜 아래로만 흐를까. 저녁 뉴스의 여자 앵커는 왜 저렇게 나불댈까. 창문은 왜 저렇게 투명할까. 시계는 왜 시계반대방향으로 돌지 않을까. 오늘밤 나는 왜 여기에 있을까.

오늘밤 나는 왜 이런 생각을 할까. 나는 왜 이런 생각을 하는 것을 의아해 할까. 나는 왜 이런 생각을 하는 것을 의아해 해서는 안 되는 것처럼 생각할까. 오늘밤 나는 왜 이런 생각을 할까.

오늘 아침에도 이런 생각을 했었나. 아침에 만나는 사람들은 왜 모두 화난 표정인지, 푸줏간 냉장고의 돼지 뒷다리는 왜 선정적인지, 오늘 아침에도 이런 생각을 했었나. 이런 생각을 하다가 계단을 굴렀던 건가.

세 번쯤 구르고, 여덟 칸쯤 구르고, 보는 사람이 없나 벌떡 일어났을 때, 그때부터 나는 이런 생각을 했었나. 쑥쓰러워 먼지를 털며 뒷골이 땡겨 어찔할 때부터 이런 생각을 했었나.

한 번 더 구르면 왜 이런 생각을 하는지, 이런 생각을 하
는 것을 왜 의아해 하는지, 이런 생각을 하는 것을 의아해
해서는 안 되는 것처럼 생각하는지, 그 이유를 알 수 있을
까. 알 수 있다면 나는 다시 한 번 더 구르려 할까.

생각과 생각 사이에는 건널목이 있다

나는 지금 건널목 앞에 서 있다.
호주머니 속의 생각을 만지작거리며
건너 편 사람들을 바라보고 있다.
그들의 호주머니 속에도 생각이 들어 있을까.
그들의 생각도 내 생각처럼 동그랗고 단단할까.

건너 편 사람들의 무표정한 이마를 바라본다. 호주머니 속의 생각을 넌지고 싶다. 따! 내 생각에 이마를 맞으면 나를 바라볼까.

신호는 바뀌지 않고, 생각도 바뀌지 않고, 나는 여전히 호주머니 속의 생각을 만지작거린다. 생각의 껍질이 보들보들 벗겨지고 뾰족한 싹이 돋는다. 쑥쑥 자란다. 생각의 줄기마다 봉오리가 맺히고, 큼직큼직한 생각이 피어나 호주머니 밖으로 고개를 내민다. 건너 편 사람들을 향해 혀를 낼름거린다.

여전히 바뀌지 않는 신호
허공 한 가운데 파란 생각을 냅다 던지고 무단 횡단을

한다.
　큼직한 생각의 꽃잎들이 신나라 앞장선다.

그리고 아무 일도 없었다

고요란
고요가 전나무
가지 휘어지도록 쌓인 아침
마당 구석 그늘진 담벼락 아래 아무 말
없는 새 발자국 몇 점, 따라
돌면, 화단가에는 매화
꽃잎 같은 진분홍
핏방울과
깃털만
나풀
나풀

초경初經, 벚꽃 같은

1.

하얀 나비 한 마리 날개 위에 나른함을 싣고 날아들던 5
교시

중학교 수학 선생이 내뱉은

'음수陰數'라는 말 주위에

비릿한 꽃가루가 날렸다.

더할수록 작아지는 수가 있다는 걸 처음 안 날

2.

'음' – 울림, 출렁이는

'수' – 잘게 쪼개져 번져가는 물살, 끝없이 밀려가

닿는 망각의 기슭, 그 위를

맴도는

3.

하나에 하나를 더하면 둘이 아니라 영零일 수도 있다는

걸 알게 된 날,

　살아갈수록 사라지는 건, 느닷없이 지는 벚꽃만이 아니
었다.

내가 한자리에 오랫동안 앉아 있는 이유

내가 앉았던 자리에는 늘 웅덩이가 생긴다.

웅덩이에 잠긴다.
웅덩이 속에는 전화도 오지 않고 별도 뜨지 않는다. 갑자기 빗방울이 떨어져도 나는 젖지 않는다. 사람들이 웅덩이를 성큼성큼 건너 어디론가 달려간다. 내 머리 위로 날아간다.

명상에 잠긴다.
나는 왜 웅덩이처럼 우울한가, 나는 왜 커서처럼 꿈뻑거리는가, 나는 왜 일회용 컵처럼 초조하고 돌멩이처럼 퉁명스러우며 책상처럼 지루한가, 나는 왜 거울처럼 위선적이고 빨간 풍선처럼 신경질적이며 좌회전 신호처럼 잘 웃지 않는가, 그리고 그들은 모두 어디로 간 걸까.

강아지 한 마리가 물을 마시다 웅덩이 속의 나를 보고 열렬히 짖어댄다. 웅덩이 속에는 구름도 흐르지 않고 시간도 흐르지 않는다. 나는 깊은 웅덩이다.

아주 오래 전 '그 말'은
머리와 가슴에 단도직입적으로 침입해서
폭죽을 터뜨리더니
한동안 그 자리에 계속 머물며
시한폭탄의 초시계처럼
무시로 째깍거렸다.

'그 말'과 같은 시를
쓰고 싶다.

그 말은 주로 달 밝은 밤에 횡행한다.

1974년 충남 공주군 계룡면 중장리 이마에 솔밭을 이고 있
는 조그만 동산 아래 세 칸짜리 한옥에서 아버지 윤
석산과 어머니 강란순 사이 장녀로 태어남. 산파할
머니가 내 엉덩이를 때리던게 기억나나 아무도 믿
지 않음. 여자아이로 태어나 8남매 장남인 아버지
와 가문의 기대를 저버렸으나, "큰딸은 살림밑천"
이라는 말로 사태 수습되다.

1975년 할머니와 할아버지, 3명의 삼촌과 2명의 고모의 사
랑을 받으며 자라다. 정작 부모님은 기억나지 않다.
어머니는 엄하셨고 아버지는 낯설었으며 두 분 다
늘 부재중이었다. 때마다 할머니 등에 업혀가 어머
니 학교의 오래된 양호실 한 켠에서 영양 만점의 모
유 맘껏 먹다. 젖을 떼고는 밭으로 기어가는 푸성귀
와 고추장을 주식 삼아 건강하게 자라다. 너무 높은
툇마루, 햇빛에 따끈하게 달구어진 댓돌, 할아버지
가 나를 위해 심으셨다는 은행나무, 서까래를 타고
서서히 어둠 속으로 미끄러져 종적을 감춰버린 구
렁이, 산마루 고구마밭두렁에 놓아둔 보리밥과 그
위를 줄지어 지나가던 왕개미들, 멀리 반짝이는 저
수지, 그리고 그 모든 것을 지그시 내리 누르던 하
얀 정적.

1977년 뒤늦은 학업을 하기 위해 서울로 유학 가 있던 아버
지를 뒤쫓아 어머니와 상경. 동생 태어남. 동생을
안고 있던 엄마 앞에서 오줌을 질질 쌌다고 하나 기

억이 나지 않음. 이 무렵 외할아버지께 편지를 써서
신동이라는 칭찬을 들었다고 하나 이 역시 기억이
나지 않음.

1978년 상일동의 외딴 야산, 영등포의 시장 골목, 그리고
그때는 변두리었던 강남의 도곡동 등을 전전하며
거친 서울의 말을 익히다. 마루를 사이에 두고 함께
살던 건넌방에 가서 짜리몽땅한 다리가 있는 텔레
비전으로 〈캣산〉, 〈마루치 아라치〉 등을 얻어 보며
대중문화를 접하다. 부모님의 교육열 덕분에 어려
운 형편에도 일곱 살에 유치원에 들어가다. 타인의
시선을 느끼기 시작하고 그와 더불어 수치감을 알
게 된 시기.

1980년 도곡국민학교에 입학하다. 고등학교 선생이던 아버
지의 부수입으로 유년 시절 중 가장 윤택한 생활을
하다. 텔레비전과 피아노, 전축과 소파, 그리고 올
컬러 동화책 전집을 갖게 된 시기. 단층 짜리 양옥
에서 반지하의 현수네, 문간방의 용희네, 건넌방의
예쁜 언니네, 그리고 우리 식구가 북적거리며 살다.
2학년. 남의 방 돼지 저금통에 손을 댔다가 식탁 밑
을 기어다닐 만큼 아빠에게 두드려 맞다. 구구단을
못 외워 일주일간 나머지 공부를 하다. 학교가 끝나
면 한창 개발 중이던 인근의 아파트 공사장에 몰려
가 마음껏 모험을 즐기다. 3학년. 아버지 사표를 내
고 사업을 시작했으나 쫄딱 망하고 같은 동네 반지

하로 이사하다. 낮에는 전원을 내리는 치사한 주인 아저씨와 아침마다 쥐덫에 걸린 쥐의 비명 소리, 화장실 슬리퍼 속에 들어가 있던 지렁이, 설거지와 청소, 죽어라고 밥 안 먹는 동생 돌보기로부터 탈출하여 거의 매일 놀이터에서 밤늦도록 배회하다. 동네 아이들이 모두 돌아가서 다방구와 땅따먹기를 할 수 없게 되면 혼자 쭈그리고 앉아 땅 바닥에 낙서를 하다 피로에 지친 엄마에게 끌려들어가다. 4학년, 과천으로 이사하다. 환경은 변했으나 배회는 계속되다. 패크맨, 갤러그 같은 8비트 컴퓨터 게임과 100권짜리 딱따구리 그레이트 북스로 도피처가 바뀌다. 시간 강사를 나가던 아버지가 운동회에 참관을 오시다. 그러나 지금 생각하면 아버지는 당시 당신이 쓰고 있던 『벽 속의 산책』이라는 시집의 제목처럼 혼자 '벽 속'을 산책하고 있었고, 어머니는 여전히 고단하고 지쳐 있었다. 동생은 2학년이 되어도 학교에 제대로 적응하지 못하는 듯했으나, 나는 모범생과 우등생에 대한 강렬한 욕망으로, 적어도 남이 보기에는 예의바르고 똑똑한 아이로 자라다. 6학년, 아버지 제주대학교에 자리를 잡아 내려가시다. 이후 고1 때까지 따로 지내다. 여름 방학 때 처음 가본 제주는 역시 바람의 섬이더라. 학년말 통지표에서 〈행동발달사항〉의 '협동심' 항목이 '나'로 나와 충격받다.

1986년 관악산 밑의 세 학급짜리 사립 여자중학교에 입학
하다. 입학하기도 전에 〈성문 영어〉를 비롯한 자습
서들로 선행학습을 했으나, 오히려 중학교 내내 학
업을 등한히 여기는 역효과를 내다. 주로 소설책을
읽거나 만화를 그리며 수업 시간을 보내다. 연습장
1권 분량의 만화를 직접 그리기도 하다. 헤르만 헷
세, 루이제 린저를 읽으며 낭만적 이상주의를 키우
고, 삼국지와 아가사 크리스티의 추리소설을 읽으
며 세계의 지리멸렬함을 어렴풋이 느끼기 시작한
때. 아버지의 책꽂이에 꽂혀 있던, 때 지난 현대문
학에서 야한 부분만 골라 읽다 아버지에게 들켜 낭
패를 보다. 3학년. 소위 말하는 8학군으로 전학을
간 덕에 전체 성적 5위권에서 100위권으로 떨어지
다. 범상함의 비애와 매달아 논 지 한 시간도 안 된
끈끈이에 시꺼멓게 달라붙는 파리떼 같은 지루함을
퀸, 레인보우, 본 조비 등을 듣는 것으로 잊어보려
노력하다.

1990년 고등학교 입학한 지 3주일 만에 제주도로 전학가
다. 왼쪽에는 한라산이, 오른쪽에는 바다가 보이는
곳에서 공부했으나 대체적으로 무료하고 단조로운
나날. 2학년. 서리 맞은 듯 붉은 단풍이 창 밖 교정
위로 소리 없이 내리던 어느 가을날, 서정주와 동향
의 총각 선생님이 창밖을 바라보며 「국화 옆에서」
를 읊조리는 모습에 반한 것이 유일한 사건이라면

사건. 3학년. 위세 당당한 수험생이 되다. 야간자율학습 시간에 몰래 빠져나와 누군가 사온 맥주 한 캔을 돌려 마시며 당시 우리들의 우상이었던 '서태지와 아이들'의 '난 알아요'를 연습하거나, 남학생 교실 앞을 지나가며 시선을 감당하는 스릴을 맛보는 것으로 겨우 지루함을 달래다. 부모님은 수험생 위로 차 매주 일요일마다 제주의 아름다운 풍광을 보여주는 수고를 마다 않으시다. 대한민국의 대다수 여고생이 그러하듯 감성은 말라가고 허리만 굵어지다.

1993년 서강대학교 국문과에 입학하다. 아버지는 S 국립대학에 진학하지 못해 실망하셨으나 국문과에 들어갔다는 것에 나름대로 만족하시다. 로욜라 도서관의 장서들 사이를 거닐며 책의 향기에 흠뻑 취한 것도 잠시, 권태와 무료에 함몰되어 시간도 도대체 흘러가지 않더라. 타르코프스키, 맥도날드, KFC, MTV, 영화관람, 미팅 같은 문화에 낯설어 하며 문화 주변인으로서 열등감 비슷한 것을 갖다. 1학년. 아버지 연구실에서 아버지의 제자들과 아버지로부터 시를 배우기 시작하여 교지문학상을 받다. 2학년 크리스마스 이틀 전, 중앙일보사로부터 「배고픔은 그리움이거나 슬픔이다」가 신춘문예에 당선되었다고 연락받다. 당황하다. 시는 습작의 수준을 넘지 못했으며, 문단이란 곳은 불편한 무대 같았다.

문단의 한 어른이 연애 한 번 제대로 못해보고 시인
이 된 탓이라고 조언하다. 수긍하여 연애를 빨리 해
야겠다고 생각했으나 뜻대로 되지 않다. 남들보다
가진 것이 많다는 자격지심으로 매년 여름 농촌활
동, 빈민활동, 나환자활동 등을 쫓아다녔으나 모랄
을 내면화하기보다는 독선과 당위를 철저하게 무장
하는 계기가 되다. 4학년. 이모네서 독립하여 동생
과 옥탑방에서 자취를 시작하다. 처음으로 연애를
했으나 오래가지 못하다. 멍해질 때까지 컴퓨터 게
임을 하거나 한용운의 '아, 사랑하는 나의 님은 갔
습니다'를 읊조리며 일주일 간 끙끙 앓고 나자 정
신이 수습되다. 생각보다 후유증이 오래가다.

1997년 서강대학교 국문과 대학원 석사과정에 입학하다.
일주일에 스터디를 3-4개씩하며 로만 야콥슨, 노
드롭 프라이, 바르뜨, 프로이드, 라깡 등을 알게 되
다. 천재 콤플렉스에 시달리던 시기. 지식의 권력을
맛보고 술의 마력에 빠져들다. 작품은 꾸준히 발표
하고 있었으나 이렇다 할 주목을 받지 못하다.

1999년 '바다가 왼종일/ 새앙쥐 같은 눈을 뜨고 있' 는 풍경
에 매료되어 김춘수의 무의미시를 낱낱이 조각냈다
가 얼기설기 수습하는 꼴의 석사논문을 썼으며 결
과에 만족하다. 가을 학기에 박사과정에 진학하다.
당시 면접관으로 들어오셨던 교수님 한 분이 "창작
과 학문 가운데 하나를 선택하라면 무엇을 선택하

겠나”라는 짓궂은 질문을 하셨고, 창작을 선택하
겠다고 오기를 부리다.

2000년 학업과 교육을 병행하다. 은평구에 있는 남자 중학
교에서 1년 반 동안 국어과 기간제 교사를 하다.
‘원숭이 새끼’ 같은 사내아이들과 지내며 타인에게
영향력을 행사하고 싶은 강력한 욕망을 내 안에서
발견하다. 순수한 연민과 철저한 무력감을 승화시
켜, 한국 사회의 무고한 희생자인 아이들에게 바치
는 〈담장 밑의 아이들〉 연작을 구상하다.

2001년 가을 학기에 교사를 그만두고 학업에 전념하다. 하
루 3~4시간을 자며 공부하는 강박을 보이다. 머리
숱이 반으로 줄어들다.

2002년 가을부터 대학 강단에 서다. 처음 맡게 된 과목은
〈문학의 이해〉. 내가 맛보았던 문학의 희열을 똑같
이 맛보게 해주리라는 사명감에 불탔으나, 초짜 강
사가 의대생과 체대생을 한 자리에 앉혀 놓고 문학
의 진수를 맛보게 하기란 역부족. “교수님의 열정
은 느껴졌으나~” 운운하는 강의 평가를 위안으로
삼다.

2003년 5학기만에 박사 과정을 수료하고 논문을 쓰다. 전
투 태세에 들어가기에 앞서 약 3주간 인도 배낭 여
행을 다녀오다. 논문 주제는 시가 언제부터 어떠한
계기로 지금과 같은 꼴을 갖추게 되었는가 하는 궁
금증에서 비롯된 것으로서, 작품을 둘러싸고 형성

되는 비문학적인 효과들에 대해 연구하다. 지극히 비시(非詩)적인 이런 주제를 다룰 수 있었던 것은 날카로우면서도 관대하신 지도교수님의 격려 덕이라고 생각.

2004년 학위를 받았으나 달라진 것이 별로 없다는 사실에 당황하고 방황하다. 아버지가 한국에 안 계신 동안 제주에서 〈한국문학도서관〉 일을 하다. 융화력과 이해력은 뛰어나나 결단력과 판단력은 지극히 부족하여 리더보다는 조력자에 적합하다는 자체 판단을 내리다. 뒤늦게 운전을 배워 아버지 차를 몰고 제주의 구석구석을 헤집고 다니다. 철저하게 고독하고 철저하게 흔들리던 시절.

2005년 서울로 복귀하여 대학 이곳저곳에서 강의를 하다. 똑똑하나 약삭빠른 아이들과 순수하나 무기력한 아이들에게 문학과 글쓰기를 가르치며 다시 한 번 문학의 책임과 선생의 역할, 그리고 글쓰기의 의미에 대해 고민하다.

2006년 첫 시집을 내다. 시보다 시평을 더 많이 한다는 오명을 벗게 되다.